はじまりのことば

目黒女児虐待死事件を考える

高橋亜美　著
（アフターケア相談所「ゆずりは」）

すーべにあ文庫

De te fabula.
他人事ではなく、あなたの話です。

（ロバート・ブラウニング）

この本の収益は「あおいとり基金（旧ゆずりは基金）」に寄付されます。

「あおいとり基金」は、施設等を巣立った子どもたちの高卒認定等の資格取得や、進学費用の支援に活用されます。

「かわいそう」ということば

KAWAISOU.

つい使ってしまうけれど
言うだけで　あとが続かない
ピリオドのようなことば

2018年6月
目黒児童虐待死事件
5歳女児、
結愛(ゆあ)ちゃん
の映像とノート
が報道された※

※［目黒女児虐待死事件］2018年3月2日、虐待を受けた船戸結愛ちゃん（5つ）が死亡した児童虐待死事件。過去、継父である父親からの虐待容疑で、結愛ちゃんは香川県の児童相談所に二度、一時保護（ともに解除）。一家は同年1月に香川県から東京都目黒区に転居したばかりだった。3月3日に両親逮捕、6月に結愛ちゃんが残したノートと生前の映像が大きく報道され、香川県から都の児童相談所への引き継ぎに問題があったのではないかと非難された。

覚えていますか？

事件発覚後
日本中で巻き起こった
「かわいそう」

ことばにはピリオドが打たれ
人々は「鬼親」と非難した

5歳の少女が
ひらがなだけの文章を書いて
生きたいと願っていた――

本当だろうか？

かわいそう

言葉にする前に
しっかりと見つめてみたい

ママとパパにいわれなくってもしっかりとじぶんからもっともっときょうよりかあしたはできるようにするから
もうおねがい　ゆるして
ゆるしてください　おねがいします
ほんとうにおなじことはしません　ゆるして
きのうぜんぜんできてなかったこと
これまでまいにちやってきたことをなおす
これまでどんだけあほみたいにあそんだか

あそぶってあほみたいだから
やめるから
もうぜったいぜったいやらないからね
ぜったいやくそくします
あしたのあさは
きょうみたいにやるんじゃなくて
もうあしたはぜったいやるんだぞとおもって
いっしょうけんめいやって
パパとママにみせるぞというきもちでやるぞ

２０１８年６月６日付、新聞朝刊各紙の報道より

5歳の子どもに
この文章を書くことはできない

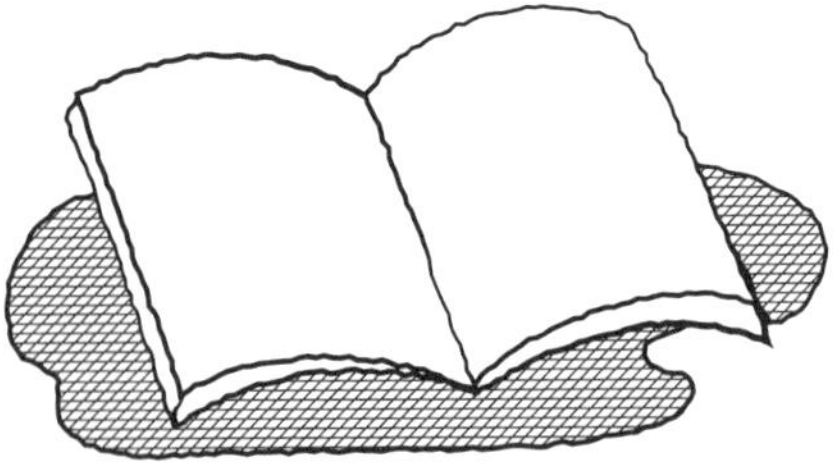

これは　魂が奪われ
生きることへの希望も絶たれた
からっぽの心で　書かれた文章

言われるがまま
覚えたてのひらがなを
使って書かされた
ぬけがら

すーべにあ文庫のご案内

「すーべにあ文庫」（souvenior= 自分へのお土産、の意味）は「読む、知る、考える、それが社会貢献になる」をスローガンに、さまざまな社会活動を取りあげて、年に数回刊行する文庫シリーズです。収益の一部はテーマに関連する団体・施設に寄付されます。すーべにあ文庫 HP　https://subunko.localinfo.jp

新刊情報

すーべにあ文庫 HP

1.『はじめてはいたくつした』2017年7月刊行

アフターケア相談所ゆずりは所長・高橋亜美編著

父から、兄から虐待を受けて保護された少女がいちばん嬉しかったこととは？　アフターケア相談所ゆずりは所長・高橋亜美が少女の声を代弁した、すーべにあ文庫第一弾。

2.『嘘つき』2017年12月刊行

アフターケア相談所ゆずりは所長・高橋亜美編著

嘘をつかずにはいられない少年の苦悩を、前巻に続いてゆずりは所長が代弁。NHK ラジオ等で朗読されました。

3.『10年前の君へ 筋ジストロフィーと生きる』2018年3月刊行

小澤綾子著

少しずつ身体の筋肉が失われていく難病を患った著者が、医師から「絶望の宣告」を受けた10年前の自分に語りかける詩集絵本。全国を講演にまわる小澤綾子、初めての著書。

4.『原発ガーデン 映画監督デレク・ジャーマンの最晩年』2018年10月刊行

写真と文　写真家・奥宮誠次

「カラヴァッジオ」「ザ・ガーデン」などの映画で知られるデレク・ジャーマン。エイズで死去するまでの晩年、彼の姿を撮影した日本人カメラマンがいた—。ポストカード付録。

5.『はじまりのことば 目黒女児虐待死事件から考える』2019年2月刊行

アフターケア相談所ゆずりは所長・高橋亜美著

2018年3月、目黒区で起きた女児虐待死事件。5歳の結愛ちゃんが残したノートは何を意味するのでしょうか？「事件を風化させないために」一冊の本にまとめました。

6.『ブナの時間 森のガイドのフィールドノート』2019年10月刊行

カヤの平（長野県）森のガイド・池田雅子著

原因不明の難病から救ってくれたのは、森の自然でした。現在は生態研究員、森のガイドとして活躍する著者が、紙上で森のガイドにご案内します。ポストカード付録。

各巻500円＋税。アマゾン、全国の書店でご注文いただけます。
問い合わせは【株式会社 百年書房】
TEL03-6666-9594 ／ e-mail shobo@100-nen.jp ／ HP 100shobo.com

「かわいそう」は時に
真実を見えづらくする

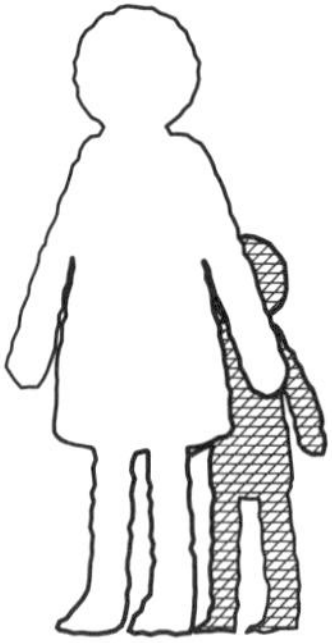

「かわいそう」
だなんて
思われたくないから
子どもを隠す

そして
虐待は見えなくなる

必要なのは
「かわいそう」ではなく

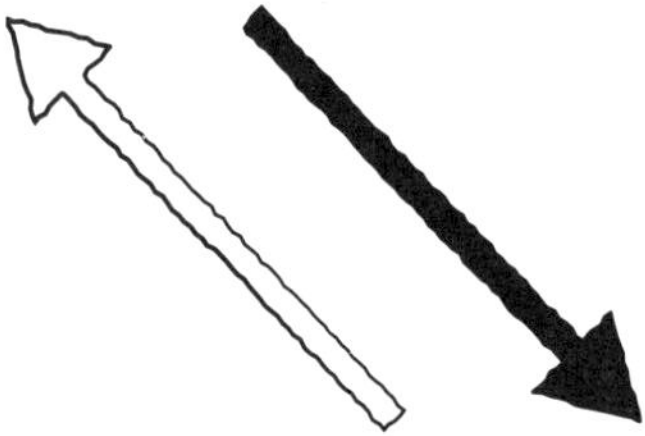

誰も責めることのない

はじまりのことば

そのひとことで
気持ちがほどけるような
あかりが灯るような
はじまりのことば

それはきっと
わたしたち自身も
求めていることば

〈解説〉いつでも思い出すために

ことばは人を救いもするし、傷つけもする。

頭では分かっていても、ふと口にしたことばが人を傷つけてしまう。無自覚というよりも、善意のつもりで発しているならなおさらに、人を傷つけることがある。

目黒女児虐待死事件直後の報道はセンセーショナルで、加害者である親はもちろん、児童相談所にも批判が殺到した。

私にも同じ年の息子がいる。

結愛ちゃんが書いたノートは、明らかに本人の意思によるものではない。にもかかわらず、あれは結愛ちゃんの心の叫びだと信じて疑わない人が多いことに驚いた。

事件の後、いくつかのメディアからコメントを求められ、そのうちのいくつかにコメントすると「今回は掲載を見合わせたい」という連絡が入った。

子どもを助けるためには、まず親を助けなくてはいけない。

短く言うと、私の意見はこういうものだった。

「いまはそういう段階の話ではなく、誰が悪かったのか、具体的に何が問題だったのか、なぜ結愛ちゃんを救えなかったのかが聞きたい（聞きたかった）」と多くの取材者は攻撃の矛先を探しているかのようだった。「かわいそう」を煽るような風潮にも嫌気がさし、以後は極力、取材を断ることにした。

私が務めるアフターケア相談所ゆずりはでは「MY TREEペアレンツ・プログラム」という、子どもへの虐待や不適切な行為をしている親を対象にした回復プログラムを実施している。

虐待行為をやめたい親が10人前後集まり、感情をコントロールするワークをしたり、子どもだった頃の傷つきや気持ちを語る場を持つ。参加してくれた親たちの正直な語りと、参加者同士の共感が、自分自身が抱えてきた傷つきや、受けてきた抑圧への気づきにもなっていく。自分へのいたわりやねぎらいが生まれると、子どもへの関わり方も変化していく。

子どもの養育は全て親の責任、親は子どもを愛してあたりまえ。という風土がこの社会には根強くある。

本当は誰かに相談したい、話したいと思いながら、子育ての悩みや苦しみをひとりで抱えている親は少なくない。苦しいことほど誰にも話すことができないということが、大きなストレスとなる。

対岸の…ではない。事実、子育て中のお母さんは虐待に対して「もしかしたら自分も」と感じる人はとても多い。誰もが自分事として、児童虐待の問題を考える必要性を強く感じている。

総論として、親が安心できるように社会の仕組みを変える必要があるし、各論として、子育てをする親の近くにいる人たちの気持ちや接し方の問題がある。仕組みを変えるのに「警察の介入をスムーズに」とか、気持ちの問題に対して「かわいそう」では、虐待の根にある問題を見えづらくする一方だと感じてならない。

当初、本書の刊行にあまり気が進まなかった。児童虐待は　この仕事に携わるわたしたちにとっては日常にある問題で、この目黒の事件が特別な虐待事件ではなかったからだ。虐待死した子どもたち、虐待環境からなんとか保護された子どもたち、だれもに、思いを寄せていたいという思いもあった。

でも、彼女の残したノートとその幼くて愛らしい容貌に多くの人が涙し、怒り、世論を動かした事実がある。児童相談所の対応も見直される契機にもなった。

だからこそ、この事件を風化させたくないと思った。あのとき流した涙を、感じた怒りを、子どもたちへの思いを、ひとりひとりの胸のうちに持ち続けてほしいと思った。

私は結愛ちゃんが残したノート、全ての感情が奪われたぬけがらのような文字から、虐待が命の前に、子どもの魂を奪っていると感じずにはいられなかった。結愛ちゃんのノートは多くの人の心を動かした一方、ノートにある文章と向き合っていくほどに、どこにも感情や心がないことだけが感じられた。だからこそ逆に残していくことに意味があると考えた。

あの事件が起きたとき、私たちは何を思ったか、どうしなくてはいけないと感じたかを、いつだって思い出せるように、決意して言葉を綴った。

最後に。では「はじまりのことば」とは、具体的にどういうことばなのか？　本編では、明確なことばを記せていない。かけることばに、そもそも正解などないからだ。

それは「何かあった？」「どんな気持ち？」かもしれないし、他愛のない「しばらくだね」かもしれない。大切なのは、対話のきっかけとなる思いやり、もしかすると何も言わずにただ近くにいること、かもしれない。立ち止まること。他人事ではなく、自分事としての関わりこそが、「はじまり」なのだと思う。

自分ならどうされたいか？　相手に寄り添おうとする気持ちや態度そのものが「はじまりのことば」となるはずだ。

高橋亜美

児童養護施設等退所者のアフターケア相談所「ゆずりは」について

虐待や経済的な理由で児童養護施設や里親家庭などに入所した子どもたちの多くは、高校卒業を機に、施設を退所しなければなりません。

虐待を受けたトラウマによる精神疾患を抱えていたり、退所しても引き続き親や家族を頼れない故、失敗することも立ち止まることもできません。自らで働き続けなければ、たちまち生活が破綻してしまう緊張状態のなか、生きていくことを余儀なくされています。

「ゆずりは」は、施設等を巣立った子どもたちが、困難な状況に陥ったとき、安心して、一刻もはやく、「助けて」の声があげられるよう、立ち上げた相談所です。

問題解決のための生活相談を基軸にしながら、高卒認定資格取得のための無料学習会の開催、一般就労が難しい方への就労支援として「ゆずりは工房」の運営、退所者の人が気軽に集えるサロンの実施、虐待をしてしまっている母親へのプログラム「MY TREEペアレンツ・プログラム」の実施等々、さまざまな支援事業を行っています。困難な状況にある子どもたちが、家庭には恵まれてなかったとしても「この社会に生まれ、生きられてよかった」と思える社会を私たちはつくっていきたいと思います。

運営主体者　社会福祉法人「子供の家」理事長　加藤望
所在地　東京都国分寺市本多一－一三－一三
責任者　高橋亜美
職員　スタッフ五名
根拠法令等　児童福祉法第四十一条
開設年月日　二〇一一年四月一日
事業内容　東京都地域生活支援事業「ふらっとホーム」を委託（二〇一三年四月一日より）
TEL／FAX　〇四二－三一五－六七三八
E-mail：acyuzuriha@gmail.com　HP：acyuzuriha.com
◎JR中央本線、西武国分寺線、多摩湖線「国分寺駅」下車。北口より徒歩約十分。

すーべにあ文庫について

情報が氾濫する時代、「大切なことは、きっと紙に書いてある」をスローガンにすーべにあ文庫（souvenir＝贈り物、の意）は創刊されました。文庫の収益は、各テーマに関連する団体・施設に寄付されます。大切なことが、大切にしたい誰かに伝わりますように。あなたの読む、知る、考えるが社会貢献につながります。

すーべにあ文庫05

はじまりのことば　目黒女児虐待死事件を考える

2019年1月　発行

著者　高橋亜美

（児童養護施設等退所者のアフターケア相談所「ゆずりは」）

発行　株式会社百年書房

〒130-0021 東京都墨田区緑1-13-2 山﨑ビル201

TEL:03-6666-9594　HP:100shobo.com

表紙画　重野克明

装丁・本文イラスト　宮崎麻代

ISBN978-4-907081-58-4